눈

NEIGE

NEIGE
by Maxence Fermine

Copyright ⓒLes Editions Arléa, 1999
Korean Translation Copyright ⓒNanda Publishing Corp., Ltd. 2019
All rights reserved.

Published by arrangement with Editions Arléa through Sibylle Books Literary Agency, Seoul.

눈

N E I G E

막스 상스 페르민 ― 임선기 옮김

백색만 보입니다

—아르튀르 랭보

I

1

유코 아키타에게는 두 가지 열정이 있었다.

하이쿠.

그리고 눈雪.

하이쿠는 일본의 문학 장르이다. 3행 17음절로 이루어진
짧은 시. 한 음절도 더할 수 없다.

눈은 한 편의 시다. 구름에서 떨어져내리는 가벼운 백색

송이들로 이루어진 시.

하늘의 입에서, 하느님의 손에서 오는 시이다.

그 시는 이름이 있다. 눈부신 흰빛의 이름.

눈.

2

겨울바람 부는데

신도神道 승려

유유히 숲속을 간다

—잇사

유코의 아버지는 신도 승려였다. 그는 일본 북쪽 홋카이
도에 살았다. 그곳 겨울은 가장 길고 매섭다. 그는 아들에게
우주적 힘들의 강함, 신앙의 중요성, 자연에 대한 사랑, 그
리고 하이쿠 짓는 법을 가르쳤다.

1884년 4월 어느 날 유코는 17세가 되었다. 남쪽 규슈에
는 벚꽃이 시작되고 있었지만 북해는 아직 얼어 있었다.

유코는 이제 윤리와 종교 교육을 마친 청년이었다. 직업
을 택할 때였다. 대대로 아키타 가문 사람들은 승려나 군인

이 되었다. 그러나 유코는 어느 쪽도 원치 않았다.

생일날 아침 유코는 은빛 강가에서 말했다.

"아버지, 저는 시인이 되고 싶습니다."

거의 보이지 않을 정도였지만 승려의 미간이 깊은 실망을 나타내며 찌푸려졌다. 태양이 물결무늬에서 반짝이고 있었다. 개복치 한 마리가 자작나무들 사이를 지나 나무다리 아래에서 사라졌다.

"시는 직업이 아니야. 시간을 흘려보내는 거지. 한 편의 시는 한 편의 흘러가는 물이다. 이 강물처럼 말이야."

유코는 고요하게 흘러 사라지는 강을 깊이 바라보았다. 그러다 아버지를 돌아보며 말했다.

"그것이 제가 하고 싶은 겁니다. 시간의 흐름을 바라보는 법을 배우고 싶어요."

3

물병 깨지는 소리

(간밤에 물이 얼었구나)

나를 깨우네

—바쇼

"시가 무엇이냐?" 승려가 물었다.

"말로 표현할 수 없는 신비입니다." 유코가 대답했다.

어느 아침, 머릿속에서 물병 깨지는 소리에 한 방울 시가 움트고, 영혼이 깨어나 그 소리의 아름다움을 받는다. 그 순간에는 말할 수 없는 것을 말한다. 움직임 없이 여행을 한다. 시인이 되는 순간이다.

아무것도 꾸미지 말 것. 말하지 말 것. 바라보고 쓸 것. 약간의 말. 열일곱 음절. 한 편의 하이쿠.

어느 날 아침 우리는 깨어난다. 그때는 세계에서 물러서서 세계에 대해 더욱 놀라게 된다.

어느 날 아침 우리는 자신이 살아 있음을 보게 된다.

4

첫 매미

그가 말했다. 그리고

오줌을 누었다

—잇사

몇 달이 흘렀다. 1884년 여름 동안 유코는 하이쿠를 일흔 일곱 편 썼다. 모든 시편이 다른 시편들보다 아름다웠다.

어느 흐린 아침, 나비 한 마리가 그의 어깨에 앉았다 가며 별 모양의 희미한 흔적을 남겼고, 6월의 비가 와서 지웠다.

이따금 낮잠 자는 시간에 유코는 차 따는 여인들의 노래 를 들으러 갔다.

어느 날은 문 앞에서 죽은 도마뱀을 발견했다.

다른 일은 아무 일도 없었다.

겨울의 첫날이 왔을 때 유코의 장래가 다시 문제가 되었다.

12월 어느 아침, 아버지는 아들을 데리고 혼슈의 중앙에 있는 일본 알프스의 발치로 가서 식량으로 가득찬 바랑과 비단 종이를 주고 만년설이 있는 정상을 가리키며 말했다.

"답을 얻으면 돌아와라. 무사인지 승려인지, 네가 선택해라."

청년은 위험도 지침도 개의치 않고 산을 올랐다. 정상의 한 바위 아래서 은신처를 발견했다. 거기서 그는 세상의 눈부심을 마주하고 앉았다.

그렇게 그는 하늘의 문 앞에서 아름다움을 취하며 7일을 지낸 후, 비단 종이에 단 한 글자를 적었다. 눈부신 흰빛의 한 단어를 적었다.

아들이 곁으로 돌아왔을 때 아버지가 물었다.

"유코야, 길을 찾았느냐?"

젊은이는 무릎을 꿇고 자신의 결정을 말했다.

"그 이상입니다, 아버지. 저는 눈을 찾았습니다."

5

눈 내리는 황야에

나 역시 죽으면, 되리라

눈 부처

─초수이

눈은 시이다. 눈부신 흰빛 시.

1월이면 눈은 일본 북부의 반을 덮는다.

유코가 살던 곳에서 눈은 겨울의 시였다.

아버지를 실망시키며 유코는 1885년 1월 초에 시인의 생을 택했다. 그는 눈의 아름다움을 찬양하기 위해서만 쓰겠다고 결심했다. 그는 길을 찾은 것이다. 반짝이는 삶. 결코 싫증내지 않을 삶.

눈 내리는 날마다 유코는 아침 일찍 집을 떠나 산으로 향했다. 시를 쓰기 위해 항상 같은 장소로 갔다. 나무 아래 가부좌를 틀고 앉아 세상에서 가장 아름다운 열일곱 음절을 마음 깊이 구하며 오래 머물렀다. 그리고 마침내 시를 품게 되었을 때 비단 종이에 시를 눕혔다.

매일 새로운 시 한 편, 새로운 영감 하나, 새로운 비단 종이 한 장. 매일 다른 풍경 하나, 다른 빛 하나. 그러나 언제나 하이쿠와 눈. 밤이 올 때까지.

유코는 항상 밤 다회茶會 때 귀가했다.

6

배드민턴 하는

순진한 여인들

다리를 벌린다

—타이지

어느 밤 유코가 귀가하지 않았다.

대낮 같은 만월의 밤. 솜처럼 부푼 구름 군단이 하늘을 가리러 왔다. 하늘을 장악하려는 수천의 백색 무사. 눈의 군대였다.

유코는, 달 아래 앉아, 조용히 침입을 지켜보았다.

여명이 비칠 때 집으로 돌아왔다.

오는 길에서, 태양의 창백한 신선함 속에서, 우물물 긷는 젊은 여자와 마주쳤다.

그녀가 몸을 기울였을 때 가슴 높이에서 옷이 벌어져 눈
같은 한쪽 가슴이 드러났다.

잠시 후 방에서 유코는 이마를 만졌다. 뜨거운 사케 잔처
럼 열이 있었다.

그는 한 손으로 발기된 성기를 잡고 붉은 고추처럼 잠들
었다.

밖은 얼음이 얼고 있었다.

7

살을 에는 추위

나는 자두나무 꽃에 입맞춘다

꿈에서

—소세키

눈은 다섯 가지 특징이 있다.

하얗다.

자연을 얼려서 보존한다.

계속 변한다.

표면이 미끄럽다.

물이 된다.

이 말을 아들이 아버지에게 했을 때, 아버지는 좋아하지 않았다. 눈에 대한 아들의 이상한 열정 때문에 겨울만 더 혹독했던 것 같았다.

"눈은 하얗지. 그래서 보이지 않고 존재감이 없다.

눈은 자연을 얼려서 보존한다. 교만한 것, 세상을 감히 우상으로 만들려는 것이 아니고 무엇이겠니?

눈은 계속 변한다. 그러니 믿을 수 없다.

눈의 표면은 미끄럽다. 도대체 누가 눈에서 미끄러지는 것을 좋아할까?

눈은 물이 된다. 그래서 해빙기에는 더 큰 홍수가 나지."

예술적 재능을 지닌 유코는 눈의 특징들에 대만족이었다. 동반자인 눈의 특징들을 다르게 해석했다.

"눈은 하얗지요. 그래서 시인 겁니다. 순수한 시예요.

눈은 자연을 얼려서 보존하지요. 그러니 눈은 그림입니다. 겨울의 가장 섬세한 그림입니다.

눈은 계속 변하지요. 그래서 눈은 서예입니다. '설雪' 자字를 쓰는 만 가지 방식이 있습니다.

눈의 표면은 미끄럽지요. 그래서 눈은 춤입니다. 눈 위에서는 누구나 곡예사라고 생각할 겁니다.

눈은 물이 되지요. 그래서 눈은 음악입니다. 봄이 오면 눈은 강들과 급류들을 하얀 음표들의 교향악으로 바꿉니다."

"그것뿐이냐?" 승려가 물었다.

"눈이 보여주는 것은 훨씬 더 많습니다."

그날 밤 유코 아키타의 아버지는 눈의 아름다움을 찾는 아들의 눈이 하이쿠만으로는 만족하지 않을 것을 알았다.

8

유코는 하이쿠의 예술, 눈, 그리고 숫자 7을 숭배했다.

7은 마법의 숫자였다.

7에는 사각형의 균형과 삼각형의 현기증이 같이 들어 있다.

유코가 시인의 길로 들어섰을 때 나이가 17세였다.

그는 열일곱 음절의 시들을 썼다.

그는 일곱 마리 고양이를 길렀다.

그는 겨울마다 일흔일곱 편의 하이쿠를 쓰겠다고 아버지

에게 약속했다.

  다른 계절에는 집에 머물며 눈을 잊으려 했다.

9

　태양이 활기를 찾은 어느 봄날, 메이지 궁정의 이름난 궁정 시인이 유코의 하이쿠에 대한 소문을 들었다. 그는 유코가 사는 마을에 와서 아키타 승려의 집을 찾아와 승려를 청했다. 이웃 사원에서 서둘러 온 승려는 예를 갖춰 왕의 고위 관리를 맞고, 차를 대접하며 말했다.

　"아들은 산에서 밤에 돌아옵니다. 올해의 마지막 외출이지요. 오늘은 그애가 일흔일곱번째 하이쿠를 쓰는 날입니다. 원하신다면 유코의 작업실로 안내하지요. 거기에 아들의 모든 작품이 보관되어 있습니다. 모두 비단 종이에 썼습니다."

시인은 차향을 음미했다. 가슴에는 기쁨이 가득했다. 그역시 운韻의 대가의 눈에 띄어 왕 앞에서 시를 낭송했고 왕의 마음에 드는 영광을 누렸는데 그 행복했던 시간이 떠올랐기 때문이었다. 쓴맛의 차를 한 모금 마시고 시인이 말했다.

"그럼 훌륭한 작품들을 보러 갈까요?"

승려는 족자들로 둘러싸인 방으로 시인을 안내했다. 그방은 전체가 너무도 아름다워 숨이 막혔다.

"이쪽으로 오시죠. 여기 이 모든 시들이 선생님의 판단을기다리고 있습니다."

시인은 위엄 있는 걸음으로 천천히 다가가서 그해 겨울 유코 아키타가 쓴 눈에 대한 일흔여섯 편을 하나하나 읽었다.

시를 다 읽었을 때 시인의 눈가에 이슬이 맺혀 있는 것을승려는 보았다.

"정말 좋군요. 이런 작품은 본 적이 없어요. 내가 죽으면왕께서 아드님을 궁정 시인으로 삼으실 것 같습니다."

유코의 아버지는 너무 기뻐 시인의 발아래 엎드렸다.

"하지만 솔직히 말해 나를 슬프게 하는 것이 두 가지 있습니다"라고 시인이 덧붙였다.

고개를 든 승려의 몸이 떨렸다.

"그것이 무엇인가요? 위대한 바쇼의 시 이후 가장 아름다운 시들이 아닌가요?"

"물론 작품은 비할 데 없습니다. 아름다움의 샘에서 길어온 언어입니다. 언어가 독창적인 음악으로 짜여 있어요. 그런데 시에 색이 없어요. 아드님의 글들은 절망적으로 하얗기만 합니다. 그래서 거의 보이지가 않습니다. 시를 왕께 보이기 전에 아드님은 시에 색을 입히는 법을 배워야 할 것입니다."

"제 아들은 아직 어립니다. 그 점을 생각해주세요. 이제 열여덟 살일 뿐입니다. 배워나가겠지요. 선생님을 슬프게 한 두번째 이유는 무엇인가요?"

시인은 차를 한 잔 더 청했다. 그러고는 집 앞 정자에 앉아 신선한 봄기운 속에 솟아 있는 산을 바라보았다. 쓴 차를 한 모금 마시고 그가 말했다.

"그런데 왜 눈이지요?"

10

산에서 돌아온 유코는 누군가 자신의 시를 읽었다는 말을 듣고, 더구나 그가 자신의 시를 좋아했다는 말을 듣고 크게 화를 냈다.

"그 시들은 습작에 불과합니다. 저는 아직 저의 예술이 무엇인지 깨닫지 못했어요."

"하지만 궁정에서는 벌써 너를 주목하고 있다. 영광도 큰 영광 아니냐." 아버지가 응수했다.

"아니요." 유코가 대답했다. "그것은 천박한 짓입니다."

승려가 유코에게 궁정 시인의 말을 정확히 전했을 때 유코는 다시 화를 냈다.

"그분이 회화와 색에 대해 제대로 아시는지 모르겠군요. 물론 한 편의 시를 쓰는 데 만 가지 방법이 있습니다. 시에 색을 입히는 방법도 만 가지나 있지요. 그러나 제게는 그 모든 경우가 눈과 같을 뿐입니다. 제가 왕을 뵙는 일은 만 개의 음절을 쓰고 나서야 가능합니다. 그 만 개의 음절은 모두 놀라운 흰빛일 겁니다."

"만 개의 음절은 시로 말하면 590편 정도인데 1년에 77편을 쓰는 너로서는 꼬박 7년은 걸린다."

"그러면 7년 후에 왕을 뵙지요."

그날 이후 아버지와 아들은 궁정 시인의 방문에 대해 말하지 않았다.

봄이 오자 유코는 약속을 지켰다. 그는 시를 한 편도 쓰지 않았다. 그는 초록으로 물든 정원에서 벚꽃 잎의 향을 맡는 것으로 만족했다.

여름이 오자 그는 산월山月이 내려다보는 숲에서 꿀 향기를 맡았다.

우기가 시작되자 강가 이끼 속에서 버섯을 하나 발견했다.

한 해 내내 그는 아무것도 하지 않고 향들을 맡으며 지
냈다.

11

여인들의 살

여인들이 감추고 있는 살

얼마나 더운가!

—수테조

시를 위한 두번째 겨울은 특히 눈부신 백색이었다. 이해할 수 없을 만큼 눈이 내렸다.

12월 어느 밤, 우물가에서 만났던 젊은 여자가 그의 첫정을 가졌다. 그녀의 피부는 복숭아 맛이 났다. 유코는 하얀 유방의 유두를 입에 물고 레몬을 빨듯 빨았다. 새벽이 돼서야 젖꼭지를 놓아주었다.

겨울 동안 유코는 일흔일곱 편의 하이쿠를 썼는데 한 편 한 편이 비할 데 없이 아름답고 흰색이었다. 마지막 세 편은 이랬다.

투명한 눈
침묵과
아름다움 사이의 다리

눈의 음악
겨울 귀뚜라미
발아래서 들린다

쭈그려 앉은 여자
오줌이
눈을 녹이네

그것이 하이쿠였다. 한 편 한 편 하이쿠였다.

투명하며 즉각적이고 친숙한 느낌. 때로는 섬세함을, 때로는 산문적인 아름다움을 담고 있는.

대수롭지 않아 보여도, 시적 영혼에게는 신성한 빛으로 이어지는 통로 같은 것. 천사들의 흰빛으로 이어지는 통로.

12

초봄에 태양이 돌아왔다. 메이지궁의 시인도 돌아왔다.

이번엔 혼자가 아니었다.

시에 매료된, 눈부시게 아름다운 여인이 동행했다.

피부는 투명했고 머리카락은 밤처럼 검었다.

궁정 시인이 후견인이었다.

유코의 아버지는 지붕에 꽃이 핀 정자 아래서 친절하게
맞이했다. 그리고 맛 좋은 귀한 차를 대접했다.

궁정 시인과 젊은 여인이 쓴맛의 차를 한 모금씩 음미하고 나자 유코의 아버지가 말했다.

"아들은 자신이 선생의 호의를 받을 자격이 없다고 판단합니다. 왕을 뵙기 전 자신의 예술을 연마하는 데 7년이 필요하다고 생각합니다. 시를 쓰는 겨울이 두 번 지났으니 다섯 해를 기다려야 합니다."

늙은 시인은 은빛 강가를 오래 보다가 말을 열었다.

"다섯 해는 긴 시간이지요. 왕께서 그때까지 기다려주실지 모르겠습니다. 유코는 언제 돌아오나요?"

"밤이 되어야 옵니다."

"아드님을 기다리겠습니다."

산에서 돌아온 유코는 작업실에서 두 방문객과 마주쳤다. 그때 젊은 여인의 마법적인 아름다움에 걸려 첫눈에 매혹당하고 말았다. 궁정 시인의 얼굴은 그의 관심을 끌지 못했다.

"유코, 자네에게 두 가지 질문이 있네." 시인이 말했다.

"예 선생님. 말씀하시죠."

"왜 7년인가?"

"마법의 숫자이기 때문입니다."

그때 유코는 젊은 여인의 입술에서 미소를 보았다. 과일의 신선함을 생각나게 하는 입술이었다. 베어 물지 않으려면 참아야 할 정도였다.

"왜 눈인가?" 시인이 물었다.

"눈은 시이고 서예이고 회화이며 춤이고 음악이기 때문이죠."

노인이 유코에게 다가와 열기 띤 목소리로 말했다.

"그게 다인가?"

"아닙니다. 눈은 그 이상입니다."

"자네가 시를 아는 것은 알겠네. 그런데 그 다른 예술들도 아는가? 서예와 회화와 춤과 음악을 아는가?"

유코는 답하지 못했다. 얼굴이 붉어지는 것을 느꼈다.

"저는 시인입니다. 시를 짓지요. 제가 시의 예술에 도달하기 위해 다른 예술들까지 알아야 할까요?"

"알아야 하네. 시는 영혼의 회화이고 춤이고 음악이며 서예이기 때문일세. 시 한 편은 그림 한 폭, 춤 한 편, 음악 한 곡이며 아름다움에 대한 글쓰기이기 때문일세. 대가가 되려면 절대적 예술가의 재능을 가지고 있어야 하네. 자네 작품들은 놀랍도록 아름답네. 작품들 속에 춤도 있고 음악도 있지. 눈처럼 희네. 그런데 색이 없네. 회화가 없다는 뜻이지. 유코, 자네는 시인이지만 화가가 아닐세. 그런데 바로 화가가 자네에게 필요한 부분일세. 부족한 것은 오로지 그것뿐이네. 그러나 바로 그 하나 때문에, 자네 시는 세상 사람들 눈에 보이지 않을 것이네. 그러니 내 충고를 들게나."

노인의 말은 지루했다. 하지만 노인 곁에 있는 아름다운 젊은 여성을 실망시키고 싶지 않아 유코는 답했다.

"말씀대로 하겠습니다."

"일본 남쪽에 절대적인 예술을 지니고 계신 분이 있네. 대단한 시들을 쓰시고 작곡도 하시지만 무엇보다 화가이시네. 그 둘도 없이 훌륭하신 분은 소세키 선생일세. 나의 옛 스승이시지. 그분을 찾아뵙게나. 내가 보냈다고 말씀드리게. 자네에게 부족한 부분을 가르쳐주실 것이네."

대화가 오가는 중 젊은 여성은 아무 말 하지 않았다. 김 나는 차를 천천히 마시며, 웃으며, 유코의 얼굴을 뚫어지게 바라볼 뿐이었다.

"서둘러야 하네. 연세가 많으셔서 언제 돌아가실지 모르네." 노인이 말했다.

허리 굽혀 인사드리며 유코가 결론을 지었다.

"내일 떠나겠습니다."

그리고 몸을 돌려 젊은 여성에게 서툴게 인사했다. 그때 그녀가 유코를 놀리는 작은 웃음을 웃었다. 웃음은 높고 짧게 떨리며 공중으로 올라갔다.

유코는 그녀에 대한 지독한 미움과 거대한 사랑을 함께 느꼈다.

13

그날 밤 유코는 우물가에서 마주쳤던 여자와 사랑을 나눴다. 눈 속에서. 벚꽃 나무의 수정水晶 가지 아래서. 일곱 번이나 사랑을 했다. 격렬하게. 그의 성기가 시든 아티초크 모양이 되고 그녀의 성기가 보랏빛 줄무늬를 갖게 될 때까지.

14

이튿날 새벽 유코는 고향 마을을 떠났다. 아버지와 가족에게 인사하고 남쪽으로 향했다.

마음속 태양을 향해 가는 여행이었다. 태양의 순수함과 세계의 순수함이 보이는 길이었다. 천천히 걸으며 그는 순수하고 반짝이는 기쁨을 느꼈다. 자유롭고 행복했다. 짐이라곤 사랑과 시에 대한 신앙의 금金이 담긴 가방뿐이었다.

올 것은 오고야 만다. 눈에 최대한 다가가고 싶던 유코는 눈에 대한 두려움을 잃고 말았는데 그때 눈이 다가와서 그를 삼킬 뻔했다.

일본 알프스를 지나고 있을 때 유코는 지독한 눈보라에 휩쓸렸다. 자연의 화를 입은 그의 안녕은 오로지 피난처에 달려 있었다.

유코는 윗부분이 튀어나온 바위 아래로 피신했다. 바람은 피할 수 있었지만 추위에 위축되고 진이 빠진 채 어둠의 두께 속에서 눈의 깊이 속에서 외로움의 현기증 속에서 침묵 속에서 혼자였다. 추위와 배고픔, 피곤과 원망과 무기력으로 백번이고 죽을 상황이었지만 살아남았다.

유코를 구원한 것은 이미지였다. 결코 잊을 수 없는 이미지. 그것 역시 현실 저편에서 온 눈부신 것이었다. 그의 평생에서 가장 아름답고 가장 숭고한 이미지가 밤에 나타나 그를 살렸다.

15

그토록 아름다운 그것은 여자였다. 바위 아래 누울 때 그녀가 보였다. 꿈처럼 부서질 듯했다. 금발의 유럽 사람 같은 젊은 여자였다. 얼음 속 1미터쯤 아래서 잠들어 있었다.

16

그녀는 잠들어 있는 것이 아니었다. 죽은 사람이었다. 관 속에 있었지만 수정처럼 투명한 관이었다. 유코는 미지의 그녀를 보자마자 사랑에 빠졌다.

한순간도 시체 가까이 있다는 의식이 없었다. 그저 죽은 사람이 아니라, 눈부신 현현이었다.

그녀는 아무것도 가리지 않고 있었다. 왜 그녀는 얼음 속에서 벌거벗고 있는 걸까. 처음 든 질문이었다. 알 수 없었다.

어디에서 온 걸까. 얼마 동안이나 투명하고 영원한 덫에

간혀 있던 걸까. 무엇보다, 실제 사람인가.

얼음 속에 간힌 젊은 여자는 꿈처럼 부서질 것 같았다. 금빛 머리카락의 광채는 불꽃처럼 빛을 냈다. 눈을 감고 있었지만 얼음같이 푸른 눈동자가 눈꺼풀 아래 보였다. 그녀의 눈빛을 보존하려는 얇은 피부가 얼음의 공격 때문에 투명해져버린 듯했다. 얼굴은 눈처럼 하얬다.

유코는 들여다보고만 있었다. 말을 할 수 없었다. 아름다움에 빠져 있었다.

17

유코는 꿈이 현실이 되었다고 생각했다.

자신의 꿈들을 건축하는 기하학이 젊은 여자의 이미지를
사랑스럽게 만드는 것 같았다.

그러나 환각이 아니었다.

그녀는 앞에 있는 현실이었다. 1미터쯤 떨어져 있는, 얼
음 속 현실. 그가 사랑에 빠진 것도 사실이었다.

유코는 밤새 그녀의 이미지를 자신의 눈에 넣었다. 한순
간도 싫증나지 않았다. 추위에도 아랑곳하지 않고 꼼짝 않

고 그도 그곳에 있었다. 결코 꿈이 아니기를 바라는 마음으로 바라보았다.

　그렇게 그 밤 유코에게 시간은 정지해 있었다.

　이 여인은 누구인가. 왜 이 장소에 있는가.

　그는 알 수 없었다.

　아는 것은 단 한 가지, 슬프고 아름다운 사실이었다. 그는 늙어가리라는 것. 그래서 어느 날 죽으리라는 것. 그녀에게 걸린 사랑은 죽지 않으리라는 것. 얼음 속에서 잠들어 있는 얼굴도 늙지 않으리라는 것.

18

날이 밝자 유코는 주검을 발견한 자리에 십자가를 꽂았다. 그리고 다시 길을 떠났다.

자신이 겪은 일을 잊을 수 없었다. 길을 걷는 내내 젊은 여자의 이미지가 떠올랐다.

같은 날 밤 어느 산촌에 도착했다.

마을의 중앙을 향해 걷다가, 얼어붙은 우물 근처에서 피로 때문에 쓰러졌다.

한 늙은 농부가 사케 한잔을 서둘러 먹였다.

젊은이는 농부를 향해 몸을 돌리고 투명한 사케 한 모금을 마셨다. 숨을 쉬고 물었다.

"그녀는 누구인가요?"

그리고 노인의 두 팔에 쓰러졌다.

19

7일을 쉰 뒤 유코는 힘을 되찾아 다시 여행길에 올랐다.

7일 동안 잠만 잤고 눈 같은 여인의 꿈을 꿨다.

아침에 일어난 유코는 농부에게 감사하고 길을 계속했다.

얼음 속에서 발견한 젊은 여자에 대해선 한마디도 하지
않았다.

20

유코는 일본을 종단하여 어느 아침 소세키 선생의 집 앞에 도착했다.

문 앞에 호로시라는 집사가 있었다.

나이 많은 그는 머리카락이 반백이고 뺨이 패었고 친절한 미소를 갖고 있었다.

유코가 말했다.

"저는 메이지궁의 시인께서 보낸 사람입니다. 소세키 선생님께 색의 예술을 배우려고 왔습니다. 들어가도 될까요?"

집사가 길을 내주어 유코는 안락한 느낌을 주는 내부 공간으로 들어갔다. 돗자리에 책상다리를 하고 앉아 화초로 가득한 정원을 마주보았다. 누가 따뜻한 차 한 잔을 가져다주었다. 밖에서 새 한 마리가 은빛 강가에서 심란한 노래를 부르고 있었다.

"저는 멀리에서 왔습니다." 유코가 말을 이었다. "저는 시인입니다. 정확히 말하면 눈의 시인이지요. 소세키 선생님의 가르침을 받고 싶어 왔습니다."

알았다는 표시로 호로시가 고개를 끄덕였다.

"얼마나 오래 선생님 곁에 계실 건가요?"

"필요한 만큼이요. 저는 시인다운 시인이 되고 싶습니다."

"알겠습니다. 그런데 선생님은 고령이시고 기력이 없으십니다. 얼마 못 사실 거 같아요. 그래서 수업도 약간의 수준 있는 학생들에게만 해주십니다. 하루 두 번. 아침에는 새벽에, 저녁에는 노을이 질 때. 물론 빛 때문입니다."

"유의하겠습니다. 그리고 제가 가르침을 받을 자격이 못

된다면 즉시 떠나겠습니다."

"선생님이 자격을 판단하실 겁니다. 선생님이 지금 계십니다. 꽃밭을 산책하시는 시간이지요. 선생님은 이 시간으로부터 색채들의 강렬함을 길어내십니다."

호로시는 정원에서 천천히 움직이는 실루엣을 가리켰다. 몸을 돌린 유코가 선생을 찾아냈다. 긴 흰 수염을 기른 노인이 행복해서 웃으며, 줄 위의 새처럼, 천천히 걷고 있었다.

노인은 눈을 감고 있었다.

"저분이 색채의 대가이신가요?" 유코가 물었다.

"네. 소세키 선생이십니다. 위대한 화가 소세키 선생이십니다."

"그런데 저분은…… 눈이……"

"네." 호로시가 말했다. "선생님은 장님이십니다."

21

어떻게 눈먼 화가가 색의 예술을 가르칠 수 있단 말인가? 메이지궁의 시인은 스스로의 작품조차 판단할 수 없는 사람을 소개하며 나를 놀린 것인가? 순간 유코는 다 그만두고 당장 떠나고 싶어졌다. 고향 마을과 사랑하는 산들로 돌아가고 싶어졌다. 그러나 호로시의 팔이 그를 잡았다.

"알아보지도 않고 떠나지 마세요. 소세키 선생님이 미세한 차이들까지 보실 수는 없을 겁니다. 하지만 선생님은 눈으로 볼 수 없는 것을 마음으로 보십니다. 자, 선생님을 뵈

러 갑시다."

"어떻게 장님이 색들의 영역들을 가르쳐줄 수가 있지요?"

"여자들과 잠자리를 가지신 지 오래되었어도 여자들에
대해 가르쳐주실 수 있는 것과 마찬가지입니다. 너무 보이
는 것에 의존하지 마세요. 길을 잃게 될 뿐입니다."

앞장선 호로시가 유코를 인사시켰다.

호로시의 소개말이 있은 후 선생이 유코에게 물었다.

"자네는 누구인가? 내게 원하는 것이 무엇인가?"

"저는 유코입니다. 눈의 시인입니다. 제 시들은 아름답습
니다. 그러나 절망적으로 흰색입니다. 선생님. 제게 색칠하
는 법을 가르쳐주십시오. 색을 가르쳐주십시오."

소세키 선생이 미소를 짓고 대답했다.

"내게 먼저 눈을 가르쳐주게나."

22

선생의 교수법은 특이했다.

강의 첫날, 아직 여명의 빛이 풀려 있는 강가에서, 선생은
유코에게 눈을 감으라고 했다. 그리고 색을 상상하라고 했다.

"색은 밖에 있지 않네. 색은 자신 속에 있네. 빛만이 밖에
있네. 그래 무엇이 보이나?" 선생이 말했다.

"아무것도 보이지 않습니다. 눈을 감으면 검기만 합니다.
선생님은 다르십니까?"

"다르네." 소세키 선생이 대답했다. "내게는 아직도 개구리들의 푸른색과 하늘의 노란색이 보이네. 우리 중 누가 더 장님인가?"

유코는 하늘은 노란색이 아니고 개구리는 푸른색이 아니라고 말하고 싶었지만 입을 다물었다. 노인은 아마도 미친 것이다. 아니면 망령이 난 것이다. 그는 노인을 실망시키고 싶지 않았다.

"선생님. 제게도 보이기 시작했습니다."

"무엇이 보이나?"

"나무들의 붉은색이 보입니다."

"바보 같은 말일세. 있을 수 없는 말이지. 이곳엔 나무가 없네."

23

두번째 아침에도 선생은 눈을 감으라 하고 물었다.

"빛은 내부에 있네, 자신 속에 있지. 색만이 밖에 있네. 눈을 감고 보이는 것을 말해주게."

"선생님. 눈의 흰빛이 보입니다."

그렇게 말하다가 유코는 웃음이 났다. 아름다운 봄 아침이었기 때문이다. 대장간의 모루처럼 태양이 열을 내어가고 있었다.

"맞네." 소세키 선생이 말했다. "지난겨울 이곳에 눈이 있었네. 자네도 이제 꿰뚫어 보기 시작하는군."

24

그렇게 해서 유코는 1년 동안 수업을 들을 자격을 얻었다.

집사인 호로시는 친구가 되었다. 그들은 같은 방을 썼다.

어느 밤, 유코가 물었다.

"선생님은 누구신가요? 정말 예술의 모든 분야를 알고 계신가요?"

"소세키 선생님은 일본 최고의 예술가이시네. 그분은 회화, 음악, 시, 서예와 춤을 아시지. 그러나 한 여성에 대한 사랑이 없었다면 그분의 예술도 없네."

"한 여성이라고요?" 유코가 물었다.

"그러네. 한 여성. 왜냐하면 사랑이란 가장 어려운 예술이기 때문이지. 글을 쓰는 것, 춤을 추는 것, 작곡을 하는 것, 그림을 그리는 것은 모두 사랑하는 것이네. 그것들은 줄타기와 같네. 가장 어려운 건 떨어지지 않고 걷는 것일세. 소세키 선생은 한 번 사랑에 빠져 줄에서 떨어지셨지. 하지만 예술이 그를 절망과 죽음에서 구해냈네. 긴 이야기일세. 지루할 것이야."

"아니요. 제발 이야기해주세요." 유코가 간청했다.

"선생님이 무사이시던 시절 시작된 이야기일세."

"소세키 선생님이 무사이셨다고요? 말해주세요. 부탁드려요."

호로시는 사케를 한 잔 마시고 나서, 젊은이의 청원 앞에서, 기억 속으로 들어갔다.

"모든 것이 마법에 의해 시작되었네……"

II

25

모든 것이 마법에 의해 시작되었다. 19세기 어느 겨울날 전장에서 돌아온 소세키는 결코 만날 수 없을 여인을 만나 사랑에 빠졌다.

그 시기 소세키는 제국의 무사였다.

한 잔인한 전투에 참여했는데, 선생의 군대가 뜻밖에 크게 승리했다. 그래서 승자로 돌아오고 있었다.

승자라지만 부상이 심했다. 포탄에 머리가 날아간 전사의 칼이 선생의 어깨를 관통했다. 그때의 장면이 계속 생생했다. 입안 가득하던 진흙과 피의 맛. 그를 향해 달려들던 한 무리의 전사들. 증오의 비웃음이 가로질러가던 어느 적의 얼굴. 그가 선생을 덮쳤고 이마 위로 차가운 날끼이 지나갔다. 그리고 폭발. 천둥 같은 소리. 머리 없는 몸뿐인 것이 움직이고 걸어와 선생 위에 무너지며 어깨 속으로 긴 칼을 꽂았다, 죽음의 온 무게를 다하여. 그도 몰랐고 상대도 몰랐던 전쟁의 공포를 제대로 가르쳐주겠다는 듯이. 그러나 이제 영광의 시간이었다. 전쟁이 주는 희열 같은 것이 있었다. 죽거나 상처 입고 돌아오는 것이 무의미하지 않았다.

무사는 머리 없는 사내의 이미지를 결코 잊을 수 없었다. 그의 삶에 주어진 가장 무서운 이미지였다.

어깨를 다친 그는 기절하고 말았다. 죽은 자로 전쟁터에 버려져 있었다. 머리 없는 육신 아래서 밤이 지났다. 아침에 그의 떨림을 사람들이 들었다. 주검이 치워지고 그 아래서 공포에 질린 얼굴이 드러났다. 사람들이 그를 돌보았지만 몇 날은 헛소리를 하였다. 다시 일주일이 지났어도 그의 눈에 공포가 있었다.

왕이 와서 그를 치하했을 때 소세키는 어떤 자부심을 느꼈지만, 전쟁에 대한 후회로 물든 자부심이었다.

심신이 회복되자 그는 퇴역했다. 부상 때문에 그만둔 게 아니었다 ─ 부상은 전쟁중 여섯 번이나 겪었다 ─ 단지 전쟁이 역겨워졌기 때문이었다. 무사를 선택했던 자가 살생을 싫어하는 자신을 발견한 것이다.

그렇게 그는 군을 떠났다. 그리고 걸어서 집으로 돌아왔다. 그때 귀갓길에서 기적이 이루어졌다. 추위에 위축되고 진이 빠진 채, 얼마 전 겪은 비극과 어둠의 두께 속에서 겨울의 깊이 속에서 외로움의 현기증 속에서 침묵 속에서 그는 혼자였다. 눈에는 공포가 어려 있었다. 추위와 배고픔, 피곤과 원망과 무기력으로 백번이고 죽을 상황이었지만 살아남았다.

무사 소세키를 구원한 것은 이미지였다. 그것 역시 현실 저편에서 온 눈부신 것이었다. 머리 없는 사내에 대한 두려움을 없애주기 위해 온 것이 틀림없었다. 그의 평생에서 가

장 아름답고 가장 숭고한 이미지가 그를 살렸다. 결코 잊을

수 없는 이미지였다.

26

그토록 아름다운 이미지는 젊은 여자였다. 새처럼 가벼운 여자가 줄 위에서 균형을 잡고 있었다. 은강銀江 위에서 다람쥐의 재능으로 걷고 있는 곡예사였다.

그녀는 지상에서 20미터도 넘는 곳에 있었다. 줄 위를 걷는 것이 아니었다. 마법으로 공중에 떠 있었다. 지상에서 볼 수 있는 가장 먼 곳에서, 보이지 않는 줄 위에서, 두 손으로 평형봉을 들고, 섬세하게 창공을 미끄러지고 있는 천사 같았다.

소세키는 천천히 강으로 다가갔다. 그리고 젊은 여자의 아름다움에 홀려들었다. 처음 본 유럽 여자였다. 그녀는 공중을 날고 있었다.

마음이 끄는 대로, 그는 더 나아갔다. 그녀는 이제 그의 머리 위에 있었다.

강둑에는 신기한 광경을 보려고 모여든 사람들이 많았다.

한 노인에게 다가가, 고개를 든 채 소세키가 물었다.

"저 여자는 누구인가요?"

노인도 쳐다보지 않고 떨리는 목소리로 답했다.

"곡예사겠죠. 아니면 공중에서 길을 잃은 금빛 새겠죠."

27

그녀는 곡예사였다. 직선의 단 한 줄에 삶과 생명이 걸린.

28

그녀 이름은 네에주(눈)였다. 프랑스 파리에서 왔다. 네에주라 불린 이유는 이랬다. 피부가 눈처럼 하얬다. 두 눈은 얼음처럼 투명하고 파랬다. 머리카락은 금빛이었다. 그리고 공중을 걸어갈 때 눈송이처럼 가볍게 보였다.

시작은 이러했다. 네에주는 어린 나이에 순회 서커스단에 들어가게 된다. 사람들의 뜬 눈을 꿈꾸게 할 수 있다는 것에 경탄했기 때문이다.

직업을 택할 때 위험은 개의치 않았다. 몇 번 망설이다가 줄타기 곡예를 선택했다. 조금씩 승천했고 기예도 높아갔다. 그렇게 하여 최초의 여성 곡예사 중 한 명이 되었다.

한번 줄 위에 올라가서는 다시는 내려오지 않았다.

29

네에주가 줄타기 곡예사가 된 이유는 균형을 좋아했기 때문이다.

그녀의 생은, 삶의 평범함과 우연의 비범함이 엮고 푸는 마디들이 있는 구불구불한 줄처럼 나아갔다. 그녀의 예술은, 일직선의 팽팽한 줄 위에서 위험 속에서 섬세하게 나아가는 것이었다. 예술에서 그녀는 독보적이었다.

지상 위 300미터를 걸을 때 그녀는 가장 편안했다. 1밀리미터의 벗어남도 허락되지 않는 길. 일직선의 앞길.

그것은 운명이었다.

한 걸음씩 내딛는 길.

생의 한 끝에서 다른 끝까지.

30

네에주는 자신의 기예로 유럽의 모든 광장들을 정복했다.
열아홉 살에 100킬로미터가 넘는 팽팽한 줄을 건너갔다. 자
주 떨어질 뻔했다.

노트르담 대성당의 두 탑 사이에도 줄을 걸어놓고 몇 시
간 동안 균형 속에 있었다. 바람과 눈과 침묵으로 만든 에스
메랄다 같았다.

그리고 균형의 법칙들에 도전하며 유럽의 모든 수도에서
줄을 탔다.

그녀는 단순한 곡예사가 아니었다. 마법에 의해 공중을 걸었다.

가장 먼 곳에 서 있는 몸은, 바람이 머리카락을 어루만지는 하얀 불길 같았다. 눈의 여신 같았다.

그녀에게 가장 어려운 건 균형을 잡는 일도 공포를 누르는 일도 아니었다. 현기증으로 멈출 때마다 출렁이는 음악의 선을 걷는 일은 더욱 아니었다. 가장 어려운 건 세상의 빛 속에서 나아갈 때 한 송이 눈으로 변하지 않는 일이었다.

31

어느 날, 그녀를 찾는 요청이 전 세계에서 쇄도했다.

그녀는 나이아가라폭포와 콜로라도강도 건넜다.

마침내 그녀는, 왜 그리 되었는지 알 수 없는 이유로, 일본 땅에 내렸다. 그것은 소세키의 행복을 위해서였다.

그녀는 무사들의 나라에 도착한 최초의 유럽 예술가였다.

그리고 한 무사가 그녀를 바라보고 있었다. 이미 그녀를 사랑하고 있었다.

소세키의 눈에 그녀는 한 편의 시였다. 한 폭의 그림이었고 서예였다. 춤이었고 음악이었다. 그녀는 네에주였다. 눈. 예술의 모든 아름다움의 상징이었다.

공연이 끝나고 그녀가 땅으로 내려왔을 때 소세키는 아름다운 외국 여자에게 어쩔 수 없이 다가갔다. 가까이에서 그녀의 섬세한 얼굴을 보았다. 입술 윤곽, 눈썹 라인. 그리고 결코 잊을 수 없는 얼굴이라는 것을 깨달았다. 그녀를 똑바로 쳐다보았다. 그녀 역시 뚫어지게 쳐다보았다. 말이 필요 없었다. 그녀가 미소 지었고 그 미소 속에서 소세키는 넋이 나갔다.

한쪽 무릎을 꿇고 그녀의 발아래 칼을 던지고 말했다.

"당신이 내가 찾던 사람입니다."

32

네에주는 아무도 찾고 있지 않았다. 그러나 소세키의 행동은 마음에 드는 아름다운 것이었다. 그들은 혼인했다.

처음 몇 년은 행복했다. 아기가 태어나 부부의 관계를 단단하게 해주었다. 아기는 딸이었다. 엄마의 투명한 미모와 아빠의 검은 머리를 물려받았다. 아기 이름은 봄눈송이었다.

그들의 삶은 평화롭고 조용했다. 네에주는 일본에 천천히 적응해갔다. 가끔 고향 생각이 났지만 불평하지 않았다. 그녀에게 가장 부족한 것은 다른 것이었다. 곡예사 일이 그것이었다.

어느 밤, 그녀는 공중을 나는 꿈을 꾸기 시작했다. 이튿날 잠에서 깨어나면서 꿈 생각을 많이 했다. 그리고 다시 생각하지 않았다.

겨울이 왔다. 그리고 봄이 왔다. 아이는 빛의 황홀 속에서 자라나기 시작했다. 네에주는 행복했다. 한 손에는 소세키의 사랑을 들고 있었다. 다른 한 손에는 아이에게 주는 자신의 사랑을 들고 있었다. 그 깨지기 쉬운 평형봉은 행복의 선위에서 균형을 잡는 데 충분했다.

33

어느 날, 평형봉이 잡아주던 균형이 깨질 듯하더니 부서져버렸다.

소중한 두 존재로부터 받는 애정만으로는 행복하지 않게 된 것이다.

공중에서의 삶이 그녀에게 잔인할 정도로 부족했다.

현기증과 떨림과 정복에 대한 갈증이 다시 생겼다.

그녀가 원하는 건 다시 곡예사가 되는 것뿐이었다.

그녀는 마지막 줄타기를 할 수 있는 권리를 요구했다.

일본 알프스의 중앙에서 산에서 산까지 줄을 걸고 싶어 했다.

분명 남편은 그녀의 바람이 도를 넘는 것이라고 생각했다. 그렇게 목숨을 위태롭게 하는 건 너무 위험했다. 그러나 진정한 무사였기에 생각을 접고 복종했다.

그는 강철 케이블 두 줄을 유럽에 주문했다. 한 줄은 짧고 지름이 작았다. 다른 한 줄은 500미터의 긴 줄이었고 지름이 컸다. 혼슈 중앙의 어느 높은 산비탈로 두 하인을 보내 긴 줄을 설치하게 했다.

네에주는 가방에서 평형봉을 꺼냈다. 발레리나의 신을 신고 정원에서 오랜 시간 연습했다. 수련들이 떠다니는 작은 대양과 작은 꽃산들을 건너고 다시 건넜다. 짧은 강철 케이블 위에서.

소세키는 그녀를 바라보는 것이 전혀 싫증나지 않았다. 아내는 견줄 데 없는 줄타기 무용수였다. 줄 위에서 그녀는 너무 행복해했고 너무 아름다웠고 너무 공기 같아서 그녀를 보내준 하늘에 매일 감사드렸다.

머리카락은 금빛이었고 눈빛은 투명했다.

공중을 걷고 있었다.

34

공연일은 여름의 첫날이었다. 젊은 프랑스 여자의 묘기를 보려고 사람들이 전국에서 몰려왔다. 왕도 무사와 함께 요정의 기예를 보았다는 말이 있다.

네에주가 발을 내디뎠을 때 군중이 술렁였다. 너무도 높은 곳에 너무도 현기증 나는 곳에서 그녀는 하늘 공간의 하얀 점만 같았다. 하늘의 광대함 속 한 눈송이.

지상 위에 떠서 평형봉을 든 네에주는 한 시간 반 이상이나 걸었다. 조금씩 맞은편 산비탈로 다가갔다. 지상은 숨죽

이고 있었다. 한 걸음만 잘못 디디면 곧 죽음이었다.

젊은 여자는 완벽한 자신의 예술로 돌이킬 수 없는 길을 갔다. 한 걸음 한 걸음. 한 숨 한 숨. 한 침묵 한 침묵. 현기증에서 현기증으로.

전혀 흔들림 없이.

35

줄이 끊어졌다. 잘못 고정되었을 케이블이 바위에서 떨어져나와 젊은 여자와 평형봉을 300미터 아래로 데려가며 추락했다. 알프스의 중앙에서 시야 끝으로 사라지는 그녀는 하늘에서 떨어지는 한 마리 새었다.

그녀는 실종되었다. 크레바스가 삼킨 것이 분명했다. 네에주는 눈이 되었다. 흰빛 침대에서 잠들었다.

36

선생은 슬픔에서 헤어나오지 못했다. 조심성 없는 두 하인은 추궁 없이 해고되었다. 그들이 절벽에서 뛰어내렸다는 소식이 며칠 후 들렸다. 그 일에 대해 무사는 기쁨도 고통도 느끼지 못했다. 그에게는 오직 하나만 보였다. 자신의 깊은 슬픔만 보였다. 아는 것은 이제 단 한 가지였다. 결코 네에주를 다시 볼 수 없다는 것. 결코 아름다움을 다시 볼 수 없다는 것.

모든 기쁨이 사라진 집으로 돌아오면서 그는 옷을 벗었다. 무사도 그만두고 왕의 무관 역할도 그만둔 것이다.

선생은 딸의 교육과 예술에 전념하기로 한다. 절대적 예술에. 아내의 얼굴이 비치는 딸의 얼굴이 영감의 원천이었다. 그리고 예술에서, 무너진 균형을 되찾았다.

그렇게 그는 한 여인에 대한 사랑으로 시인이 되고 음악가가 되었다. 서예가가 되고 무용수가 되었으며 결국에는 화가가 되었다.

물론 그림이, 잃어버린 얼굴과 절대 예술 사이를 이어주는 가장 믿을 수 있는 줄이었다. 네에주를 찾아주는 가장 확실한 길이었다. 그 예술을 선생은 훌륭하게 해냈다.

선생은 화방에서 물품들을 구입했다. 이젤, 붓 몇 자루, 팔레트, 대량의 물감. 정원에 작은 오두막을 지어 이중으로 자신을 유폐했다. 꿈에서나 볼 수 있는 아내를 그려내려고 긴 세월을 그곳에서 지냈다.

선생은 자신의 그림에 만족할 수 없었다. 아무리 잘 그린 그림도 너무 색이 많았다. 그래서 그녀와 닮은 것 같지 않았다. 네에주를 정확히 그리려면 백색이어야 했다. 텅 빈 듯해야 했고 순수해야 했다.

어떻게 흰빛을 그릴 것인가? 젊은 여자를 그린 그림들은 모두 아름다웠지만 전혀 네에주를 닮지 않았다.

선생은 밤낮으로 자신의 예술을 완성시키려고 애썼다. 결코 싫증나지 않았다.

그렇게 선생은 늙어갔다. 딸은 여인이 되었고 아름다워졌다. 교육을 마치러 도쿄로 보내졌다. 노인은 혼자 남아 화폭을 마주하게 되었다. 사라진 아내 얼굴의 이미지를 응시하며 자신의 눈을 소모했다. 그러다 어느 날, 끝없는 작업 끝에, 실명했다.

그런데 바로 그날, 소세키 선생은 실명의 깊이 속에서 가장 하얗고 가장 아름다운 얼굴을 그렸다.

III

37

"자, 이야기는 끝났네." 호로시가 말했다. "선생은 자신의 아내를 결코 잊을 수 없었네. 장님이 되신 후에도, 특히 장님이 되신 후, 쉬지 않고 그녀를 기리고 그리셨네. 가장 어두운 곳에서 선생은 흰빛을 그렸네. 순수함을 발견했네. 그리고 영혼의 아름다움이야말로 진정한 빛과 진정한 색들에 영원히 연결되어 있음을 깨달으셨네. 선생은 사라진 여인의 얼굴에서 출발하여 절대적 예술에 이르셨네. 빛의 부재에서 출발하여 빛의 미세한 차이들을 그리시게 되었네. 부재로부터 예술의 진수를 길어내셨으니 예술의 대가가 되신 것이지."

집사가 잠시 말을 멈췄을 때 유코는 현기증을 느꼈다. 유코는 노인을 쳐다보며 말했다.

"저는 그 여인이 어디 있는지 압니다. 오는 길에 그녀를 봤어요. 죽었지만 살아 있는 듯했어요. 그녀는 투명한 관에 있었어요. 너무 아름다워서 바라보며 밤을 지샜어요."

그렇게 말을 하는 유코는 먼 곳을 보고 있었다. 그의 시선은 꿈의 입김으로 여전히 흐려져 있었다. 이야기는 길었고 설렜다. 현실로 돌아오기 어려웠다.

호로시는 그저 미소 지으며 고개를 끄덕였다. 물론 그는 전혀 믿지 않았다.

38

이튿날, 은빛 강가에서, 소세키 선생은 유코에게 눈을 감으라 하고 흰빛을 상상하라 했다.

"흰빛은 색이 아니네. 그것은 색의 부재이지. 눈을 감고 무엇이 보이는지 말해주게."

"선생님. 얼음 속에 투명한 관이 보입니다. 그곳에 한 여인의 얼굴이 있어요. 제 눈 아래 있습니다. 꿈처럼 부서질 것 같아요. 아무것도 걸치지 않은 금발의 젊은 유럽 여자입니다. 얼음 아래 1미터쯤에서 자고 있습니다. 혼슈 지역의 중앙에 있습니다. 일본 알프스예요. 그녀는 곡예사였습니다. 이름은 네에주입니다. 그녀가 어디 있는지 저는 압니다."

유코의 말을 들은 선생의 얼굴은 얼음처럼 얼었다. 보이지 않는 지평선으로 죽은 시선을 던진 채 물었다.

"자네는 누구인가? 저승사자인가? 그 누구도 그녀가 어디 있는지 모르네. 산이 삼켜버렸네. 그것도 오래전에."

"아닙니다. 산은 그녀를 삼켰다가 돌려줬습니다. 천천히, 한 해 한 해, 눈의 군대가 크레바스의 깊이로부터 몸을 들어 올렸습니다. 그녀는 지금 얼음 아래 1미터에 있습니다. 투명한 관에 있습니다. 옛날처럼 변함없이 아름답습니다. 맹세할 수 있습니다. 저는 그녀가 어디 있는지 알고 있습니다. 산을 지나다 우연히 그녀를 보았는데 너무 아름다워서 그녀를 바라보며 밤을 지새웠습니다. 그녀의 얼음 묘지를 십자가로 표시해두었으니 선생님께서 원하신다면 안내해드리겠습니다."

선생은 유코가 진실을 말하고 있음을 알았다. 그리고 눈물을 금치 못했다.

"언젠가 그녀가 소식을 보내오리라는 걸 알고 있었네. 다만 이렇게 늦게 오리라고는 생각하지 못했네."

선생은 유코 쪽으로 몸을 돌려 어깨에 한 손을 얹고 말했다.

"그녀의 죽음 이후 날마다 그녀 얼굴의 눈의 아름다움을 회화에서 음악에서 시에서 찾으려 노력했네. 그녀 얼굴을 이제는 보고 있으니 보러 가지 않겠네."

39

이튿날, 수업이 끝나고, 유코가 물었다.

"제 제안을 좀 생각해보셨나요? 언제쯤 묘지에 가실까요?"

소세키 선생은 한숨지었다. 그리고 슬픈 목소리로 답했다.

"이보게. 부질없는 여행일세. 자네가 진실을 말하고 있음을 알고 있네. 그러나 이 늙은 장님이 죽은 아내의 묘지를 찾는 건 소용없는 일일세. 아내는 지금 있는 자리에서 평화로우니 영원히 그대로 두기를 바라네."

그렇게 말하고 선생은 자리를 떠났다. 꽃들의 정원으로 사라졌다.

40

한 달이 흘렀다. 유코는 얼음 속 젊은 여자에 대해 다시 말하지 못했다. 선생도 그들의 비밀을 잊은 듯했다.

선생은 매일 인사만 나누고 수업을 시작했다. 하루종일 보이지 않다가 저녁 식사 때는 말이 없었다.

그러다 어느 아침 은빛 강가에 서서 늙은 장님이 말했다.

"유코, 시쓰기 속에 회화와 서예, 음악과 춤의 개념들을 통합할 때 자네는 완전한 시인이 될 걸세. 특히 줄 타는 곡예사의 예술을 배웠을 때 그리될 걸세."

유코가 웃기 시작했다. 선생은 잊지 않고 있었다.

"곡예사의 예술을요?"

소세키 선생은 한 달 전처럼 젊은이의 어깨에 손을 올리고 말했다.

"그러네. 시인은, 진정한 시인은 줄타기 곡예사의 예술을 지니고 있네. 시를 쓴다는 건 아름다움의 줄을 한 단어 한 단어 걸어가는 것일세. 시의 줄은, 한 작품의 줄은, 한 이야기의 줄은 비단 종이에 누워 있지. 시를 쓴다는 건 한 걸음씩, 한 페이지씩, 책의 길을 걸어가는 일일세. 가장 어려운 건 지상 위에 떠서, 언어의 줄 위에서, 필봉의 도움을 받으며 균형을 잡는 일이 아닐세. 가장 어려운 건 쉼표에서의 추락이나 마침표에서의 장애와 같이 순간적인 현기증을 주는 것으로 중단되곤 하는 외길을 걷는 일이 아닐세. 시인에게 가장 어려운 일은 시쓰기라는 줄 위에 계속 머물러 있는 일일세. 삶의 매 순간을 꿈의 높이에서 사는 일, 상상의 줄에서 한순간도 내려오지 않는 일일세. 그런 언어의 곡예사가 되는 일이 가장 어려운 일일세."

예술에 대한 선생의 아름다운 설명에 유코는 감사를 표했다.

소세키는 미소 지을 뿐이었다. 그리고 말했다.

"내일 네에주를 만나러 가세나."

41

그들은 새벽에 떠났다. 유코가 앞장섰고 소세키 선생이 터벅터벅 뒤를 따랐다.

길이 험해서 젊은이가 손을 내밀 때마다 선생은 거절하고 혼자 힘으로 걸었다.

매일 밤 지역 주민의 집에서 땅바닥에 깔려 있는 돗자리 위에서 잤다. 마을에 들어서서 선생이 이름과 직업을 말하면 마법이 열어주듯 문들이 열렸다. 일본 전역이 이 평판

높은 노인을 알고 있는 듯했다. 유코는 감탄했다. 선생의 수업을 들을 수 있는 자신이 얼마나 운이 좋은 건지 깨달았다.

　인생의 스승을 만날 수 있는 기회가 누구에게나 있는 건 아니었다.

42

길은 멀었다. 끝없는 눈길이었다.

꽃 핀 벚나무들처럼 흰빛이었다.

두 행인과 동행하는 침묵처럼 흰빛이었다.

마침내, 어느 아침, 산봉우리들이 나타났다.

이제 길은 하늘과 순수함을 향해 천천히 올라가기 시작했다.

가장 어려운 구간이었다.

선생이 지쳐 보이기 시작했다. 유코는 모른 척했다. 얼음 묘지에서 그리 멀지 않기도 했다.

그들은 목적지에 도착했다.

43

십자가를 찾은 유코는 감정에 휩싸여 몸이 떨렸다.

"선생님, 찾았습니다!"

젊은이는 바위 아래로 달려갔다. 눈보라 치던 밤 그곳에서 네에주의 무덤을 보았던 것이다. 유코가 놀라서 소리쳤다.

"왜 그러나?" 불안해진 선생이 물었다. "네에주가 산속으로 영원히 사라져버렸나? 산사태라도 난 건가?"

"아닙니다." 유코가 답했다. "반대입니다. 눈의 군대가 우리의 외침을 듣고 준비를 해놓은 듯합니다. 네에주는 여기 있습니다. 지난번보다 훨씬 더 가까이에 있습니다. 얼음 아래 2, 3센티미터쯤에 있습니다. 만질 수 있을 것 같습니다."

그녀는 거기 있었다. 그토록 아름답고 그토록 아무것도 걸치지 않고 그토록 금빛 머리카락을 지닌, 꿈처럼 부서질 것 같은 창조물이 거기 있었다. 죽어 있었지만 살아 있는 것 같았다. 그녀는 잠들어 있었다. 곧 무덤에서 나올 것이었다.

생각과 달리 그녀는 벌거벗은 상태가 아니었다. 곡예사의 옷이 너무 오래 얼음 속에 있었던 탓에 천의 줄들이 거의 투명하게 변한 것이었다. 가까이 있는 몸은 너무 가냘프고 피부는 너무 투명해서 훨씬 더 부서질 것 같았다.

유코는 땅 위로 몸을 던지고 손톱으로 얼음을 긁어냈다. 마침내 네에주가 나타났다. 그는 선생의 손을 잡아 젊은 여자의 얼굴에 놓아주었다.

"얼굴을 알아보시겠어요? 그녀의 피부가 느껴지세요?"

노인의 손이 잃어버린 사랑의 뺨을 쓰다듬었다.

장님이었지만 눈 없이도 얼굴의 선들을 알아볼 수 있었다.

잘 보존된 젊은 여자의 얼굴은 푸른 눈꺼풀에 손바닥만

대어도 확인할 수 있었다.

"그녀일세. 네에주일세. 자네 말이 맞았네."

선생은 무릎을 꿇고 뜨거운 눈물을 흘리며 되찾은 젊은
날을 슬퍼했다.

44

소세키 선생은 산에서 내려오지 않았다. 얼음 위에 누워 자신의 사랑 곁에서 눈을 감았다.

유코는 최선을 다해 하산을 설득했지만 선생은 진지한 목소리로 말했다.

"나를 내버려두게. 이제 영원히 평화로운 내 자리를 찾았네."

그리고 젊은 여자의 온전한 몸 곁에서 잠에 들었다.

선생이 죽자 세상의 흰빛이 그를 덮었다.

그는 행복했다.

진심으로.

45

유코는 혼자 산에서 내려와

북쪽으로 갔다.

눈을 향하여.

그는 산으로 다시는 돌아가지 않았다.

일본의 남쪽과 북쪽 사이에 걸린 줄 위를 걷듯 고향으로

나아갔다.

곡예사처럼.

46

유코가 집에 도착한 후 아버지가 물었다. 여행은 어떠했
는지, 소세키 선생의 교육은 무엇에 대한 것이었는지.

유코는 답하지 않았다. 작업실에 들어가 며칠 동안 나오
지 않았다.

아버지는 아들의 행동이 마음에 들지 않았다. 어느 아침
칩거의 이유를 물었다. 유코가 대답했다.

"아버지, 소세키 선생은 세상에 없습니다. 애도의 시간을

갖게 해주세요."

그는 다시 들어가 울었다.

선생과의 우정과 선생에 대한 존경심 때문에 우는 것이
아니었다.

눈 속에서 잃어버린 사랑 때문에 울었다.

47

그는 며칠 밤을 지새우며 얼음들의 여인을 생각했다.
네에주를 생각했다.

어느 밤, 우물가의 젊은 여자가 그를 보러 와서 사랑을 원
했지만 젊은이는 거절했다. 여자는 슬퍼 울며 달아났다. 둘
은 다시 보지 못했다.

계절들이 시간의 모래시계 속에서 떨어져내렸다.

겨울의 첫날에 눈이 내렸다. 비단 종이 위에 시의 먹물도 함께 내렸다.

종이 위에 단어들을 써가면서 그의 마음이 가벼워졌다. 그러나 그것은 환상이었다. 오로지 진정한 시만이 슬픔의 무게를 가볍게 할 수 있었다. 붓을 내려놓자 그의 심장은 다시 얼음처럼 차가워졌다.

긴 겨울이었다. 눈의 흰빛이 눈부셨다.

48

봄의 첫날에 유코의 시쓰기가 달라졌다. 그의 시들이 조금씩 다른 빛을 떠어갔다.

눈의 흰빛이 아닌 다른 색이 나타나는 걸 보고 유코도 놀랐다.

소세키 선생의 교육이 열매를 맺었다. 그 열매는 금빛이었고 은빛이었고 꿈의 색이었다.

유코는 시인다운 시인이 되었다. 그의 하이쿠는 절망적으로 백색이 아니었다. 그의 시들은 무지개의 모든 색들을 나눠가졌다. 그의 시편들은 투명했고 정교했고 다채로웠다.

   그러나 마음의 땅은 이상하게도 여전히 백색이었다.

49

소세키 선생의 죽음 이후 1년이 흐른 어느 4월 아침, 젊은
여자가 유코의 아버지를 찾아왔다. 승려는 그녀를 알아봤
다. 궁정 시인이 후견인이던 여자였다. 아들이 지독한 미움
과 거대한 사랑을 함께 느낀 여자였다. 이번에는 혼자였다.

승려는 그녀를 극진히 맞이하고 김 나는 차 한 잔을 가져
다주었다. 그녀는 은빛 강을 바라보며 천천히 차를 마셨다.
승려는 그녀를 아들의 작업실로 안내했다.

그녀를 보자마자 유코는 아름다움에 놀라 몸이 떨렸다. 그가 비단 종이에 정성을 다해 쓰고 있던 하이쿠도 현기증을 느꼈다. 유코의 붓이 미끄러지며 종이 위에 이상한 기호를 만들었다. 직선의 중간에 쉼표가 찍혔다. 아름다움의 줄 위의 곡예사 같았다.

몸을 돌려 젊은 여자를 보며 유코가 미소 지었다. 그녀는 말없이 다가와 유코의 어깨에 손을 얹었다. 몸을 기울여 젊은 대가의 작품을 내려다보며 말했다.

"엄마를 그린 그림 중 가장 아름다운 거네요."

그녀 이름은 봄눈송이였다.

50

젊은이는 자신 앞에 놓여 있는 그림을 바라보았다. 그리고 그녀를 보았다. 같은 꿈이었다. 그리고 자신의 주변에 떠 있던 얼마 남지 않은 현실에서, 그 꿈이 실현되었음을 알았다.

"당신을 오랫동안 기다렸습니다." 그가 말했다.

그녀는 그의 어깨에 머리를 대고 눈을 감았다.

"당신이 다시 기다릴 것을 알고 있었습니다."

51

그날 밤 그들은 처음으로 사랑을 나눴다.

그는 젊은 시인이었다. 그녀는 그의 선생과 얼음들의 여인의 딸이었다.

사랑을 할 때 그녀가 너무 소리를 질러서 그는 기쁨에 떨었다.

그는 그녀의 눈과 가슴과 배에 입맞춤했다.

아침에 그들은 잠이 들었다.

밖에는 눈이 내리고 있었다.

52

두 종류의 사람이 있다.

태어나, 연기하다, 죽는 사람들이 있다.

삶의 줄 위에서 균형을 잡는 사람들이 있다.

배우들이 있다.
곡예사들이 있다.

53

유코는 궁정에 가지 않았다.

봄눈송이는 곡예사가 되지 않았다.

이야기가 다시 반복되어서는 안 되었다.

여름의 첫날에 그들은 혼인했다. 은빛 강가에서.

54

그리고 서로 사랑했다.

줄 위에 머물러 있었다

눈으로 지어진.

역자의

말

이 시적인 소설은 유코와 소세키, 봄눈송이와 네에주의
이야기이다. 나비 날개처럼 겹치는.

이 이야기는 프랑스와 일본 사이에서
한국의 내게 날아왔다.

나는 이야기 속을 걸어가며 무수한
눈을 만났다.

그리하여 모두가 다르며 하나인 이야기에서
나의 이야기를 만났다.
이것은 너와 나의 이야기이다.

나는 모르고 있던, 나는 읽은 적 없는

아직 끝나지 않은 이야기……

N E I G E

초판 1쇄 발행 2019년 1월 31일
초판 3쇄 발행 2023년 12월 25일

지은이 막상스 페르민
옮긴이 임선기

펴낸이 김민정
편집 유성원 김필균
디자인 한혜진
저작권 박지영 형소진 최은진 서연주 오서영
마케팅 정민호 박치우 한민아 이민경 박진희 정경주 정유선 김수인
브랜딩 함유지 함근아 박민재 김희숙 고보미 정승민 배진성
제작 강신은 김동욱 이순호
제작처 영신사

펴낸곳 (주)난다
출판등록 2016년 8월 25일 제406-2016-000108호
주소 10881 경기도 파주시 회동길 210
전자우편 nandatoogo@gmail.com **페이스북** @nandaisart **인스타그램** @nandaisart
문의전화 031-955-8865(편집) 031-955-2689(마케팅) 031-955-8855(팩스)

ISBN 979-11-88862-31-3 03860